Taali, les yeux dans le miroir

Lonkassia

Illustrateur : Alain Kojele

Taali, les yeux dans le miroir

Recueil

LE LYS BLEU
ÉDITIONS

ISBN : 979-10-377-3920-9

Épigraphe

Les jours sont nombreux
Les nuits aussi...
Chaque jour a son soleil
Chaque nuit a ses étoiles.

Lonkassia

Douga, le vautour !

À Senny Camara,
chanteuse et joueuse de kora.

« Hypnotique est le rythme
Rythme – ô rythme !
Omniprésent, dans l'âme du tam-tam
Omnipotent.

"**Silence rythmique**
Rythme à contretemps
Tout est rythme !"

Hypnotique est le rythme
Rythme – ô rythme !
Omniscient, mémoire du temps inouï.

À l'origine,
seul le silence régna
à l'aube des temps

qui précédèrent
tout souffle de vie.

Du silence jaillit une vie-bration
d'une vibration naquit le son.
La cadence silence-son
produisit le rythme.

Rythme du temps
Rythme du tam-tam
Rythme de la poésie
Rythme de vie
Tout est beauté
Comme la musique. »

déclame Ndé-Mâakoura – Ndé-Mâakoura est la « maîtresse de la parole » de cette parlerie qui aiguise nos oreilles à travers ses paroles et ses chants aussi mielleux que mélodieux, puis adoucit nos mœurs au rythme de sa capricieuse kora – les doigts dans l'âme de la kora.

— Ah ! Pilan-pangué – Retenez bien ce nom. Pilan-pangué est le *namu-laminala* ou le répondeur de cette parlerie. C'est lui qui fait les *namu*. Son nom est très ironique, car dans la langue kissi, il se traduit par « celui qui touche la lune par le bout du doigt ». Alors que dans le réel sa grandeur faisait à peine quelques coudées royales ! s'écria-t-elle.

— Namu. Comme ça, répond le *namu-laminala.*

— Laisse-moi accorder cette capricieuse kora, poursuit-elle, et entamons cette causerie en célébrant l'immortalité par le Douga, le vautour !

Et ici s'ouvrent les guillemets. À l'origine, Duga n'était pas le faasa de personne, il était consacré aux rescapés de la mort, ceux qui avaient été laissés pour morts sur le champ de bataille en proie aux vautours. Ensuite, en jouant sur son nom, Koré Duga Koro l'a accaparé ; après, ce fut le tour de Da Manson qui fit du vautour son emblème. Aujourd'hui, au même titre que le Janjon, la Tara et le N'nyaro, le Duga est un hommage à l'action. [1]

Douga, le vautour ! Voici Pilan-pangué, un chant populaire et funéraire de *djely*, chantonné les jours de retour et de partance pour les batailles. Un chant battu en hommage des guerriers, des femmes mères et des femmes guerrières, elles qui constamment attachent le pagne du deuil. Rappelle l'orgueil des femmes mères et des femmes de guerriers, si loin de leurs jouissances de vivre longuement avec et sous la protection de leurs maris, voir que ces derniers se sont battus et sont morts sur le champ de l'immortalité. Rappelle la naissance et la mort physique ; *que de la terre nous venons et à elle nous retournerons ; que tout ce qui est dressé finira allonger.*

---

[1] Mansa M. Diabate dans *Janjon et autres chants populaires du Mali.*

Vivre ou mourir en pie aux vautours, tel était l'emblème des hommes d'alors. Le vautour, quant à lui, est connu pour être le dévoreur des rois déchus et tombés sur le champ de l'immortalité.

Chante le Douga, le vautour !
Au soleil levant
des jours de batailles
au soleil tombant
des soirs de gloires.

Chante le Douga, le vautour !
Aux rois
propriétaires des terres
aux hommes sans peur
aux hommes qui au chant
ouvrent le cœur.

Chante le Douga, le vautour !
Aux hommes
laissés pour morts en pie
sur le champ des honneurs.
Aux hommes
laissés pour morts en pie
sur le champ des batailles.

Chante le Douga, le vautour !
En rappel
que de la terre nous venons
et à elle nous retournerons
que tout ce qui est dressé
finira allongé.

Chante le Douga, le vautour !
Qui ne s'abaisse
ni sur le corps du lion,
ni sur le corps du buffle,
ni sur le corps du taureau.

Chante le Douga, le vautour !
Qui ne glapit que sur la chair
rouge des rois déchus tombés
et laissés pour morts en pie
sur le champ de l'immortalité.

Ah ! Pilan-pangué, la peur est l'ennemie de l'homme, disait l'autre. Bien entendu que le chant lui permet de dompter cette émotion dans toutes ses dimensions. Dans nos cultures, la peur ne serait guère l'ennemie de l'homme. Elle est considérée comme étant le compagnon fidèle de sa propre solitude. Et comme l'être humain nait en chants et meurt en chants, face à la mort, lorsque la peur l'aura abandonné, seuls les chants l'accompagnent dans un voyage vers un monde second. La peur est l'émotion qui extériorise les peines, les craintes de l'être. Le chant intervient pour lui procurer le bonheur, le bien-être mental. Toutes les sociétés, toutes les civilisations ont connu des moments de troubles profonds où la conscience collective s'est dotée d'armes parmi lesquelles la musique – ou le chant, je préfère – pour pouvoir aspirer à la liberté des masses. Synonymes de force et symboles de création, les chants fortifient l'âme.

De même que les hymnes sortis des peuples ont été l'âme de plusieurs révoltes à travers le monde. Lorsque les peuples dominés accédaient aux indépendances (entre guillemets), tel un mouvement de fond qui fait évoluer les consciences, les chants étaient utilisés pour forger leur âme au courage, à la résistance, à la douleur, à la guérison. Car les chants s'accordent avec TOUT : la naissance, la mort, la joie, les craintes, les arias, les desseins, les révolutions, les libérations, etc. Les chants appellent à l'action et à la réaction. Ils ont un fort pouvoir sur les êtres humains, les bêtes à poil et les peuples à plumes, eux qui chantent lorsqu'ils sont heureux de voir le soleil s'élever, et chantent encore quand ils sont en danger. Seulement, quel serait alors le rôle des chants pendant les périodes de grande peur des jours et des soirs de batailles ?

Chante le Douga, le vautour !
Au soleil levant
des jours de batailles
au soleil tombant
des soirs de gloires.

Chante le Douga, le vautour !
Aux rois
propriétaires des terres
aux hommes sans peur
aux hommes qui au chant
ouvrent le cœur.

Chante le Douga, le vautour !
Aux hommes
laissés pour morts en pie
sur le champ des honneurs.
Aux hommes
laissés pour morts en pie
sur le champ des batailles.

Chante le Douga, le vautour !
En rappel
que de la terre nous venons
et à elle nous retournerons
que tout ce qui est dressé
finira allongé.

Chante le Douga, le vautour !
Qui ne s'abaisse
ni sur le corps du lion,
ni sur le corps du buffle,
ni sur le corps du taureau.

Chante le Douga, le vautour !
Qui ne glapit que sur la chair
rouge des rois déchus tombés
et laissés pour morts en pie
sur le champ de l'immortalité.

Douga, le vautour

Vowdé ou « craindre la mère »

« Mânes des ancêtres
maternels
Mânes des ancêtres
paternels
Esprit et génies
de la mare de Guèlo
Ô ! bons et mauvais
Esprits d'ici
je vous interpelle
au nom de la parole

Prêtez-moi vos voix
Prêtez-moi vos sons
Prêtez-moi vos silences !

Car un enfant qui
a la bouche propre
peut demander
ou peut-être

admis à la parole.
Assurément,
l'œil peut regarder sans voir ;
l'oreille, écouter sans entendre ;
le nez, renifler sans sentir ;
la paume en flamme,
sans même brûler ;
la langue, leurrer, s'égarer,
mais il n'y a point de parole profane ! »

invoque en chanson Ndé-Mâakoura, les doigts dans l'âme de la kora.

— Ah ! Pilan-pangué, s'écria-t-elle.

— Namu. Traditionnellement, prolonge le *namu-laminala.*

— Ouendeno ne veut rien dire. Ce nom profané est une altération de *Vowdé* (qui se lit Vo-ou-dé). Littéralement, Vowdé veut dire en *kissi* « craindre la mère ». *Vow-vo* : « craindre » et *ndé* : « mère ». Vowdé-nö pour désigner celui qui vient de Vowdé, en souvenir du nom de l'aïeule du lignage qui s'y est installée pour la première fois. Plus caractéristiquement se nomme *Vowdé* tout « être qui craint » le lien maternel. Pour ce peuple, la mère est la première divinité en lien étroit avec l'enfant ; Dieu, de manière vulgaire, ou la source originelle étant si éloignée qu'elle demeure inaccessible, entièrement lointaine aux êtres humains et à leurs émotions : arias, joies, desseins, craintes. Son secours n'est jamais invoqué. Elle est même sourde à l'appel des êtres humains. Elle n'entend que le silence des seules « mères », comme ces dernières, elles-mêmes, n'oient qu'une voix : celle de leurs enfants.

Chez les Kissi, Dieu ou Halâ-tala – « tala » désigne : la calebasse, ou le ciel, ou encore la voûte céleste, l'infini, l'univers ; « Halâ-hély » : Il menace de pleuvoir ; « Halâ-sya » : la pluie tombe ; « Halâ » : la pluie, évoque l'eau - évoque le lointain et la vie.

La vie, quant à elle, a pris naissance dans la mare de Guèlo et se poursuivra après la mort physique à *Dènè-kèdö* (ou le monde pur) situé au fond des eaux de la seule mare de Guèlo. Aucun autel ne sera dressé pour Halâ-tala, aucune offrande ne lui sera offerte. Pour autant, la mère est vénérée et son secours est constamment demandé, bon gré ou mal gré. Aussi, tout ce que l'enfant acquiert moralement durant la première étape de l'évolution de sa personne humaine, il le doit à sa mère. La mère est l'incarnation du quatrième élément de notre cosmogonie (*Ba*), elle est l'être qui insuffle le souffle vital et qui veille sur la vie de ses créatures. Voilà pourquoi Pilan-pangué, la mère est crainte dans cette culture. À cet égard, soyons vigilants ! Car la détérioration de la vocalisation de nos *noms*, nous égare de loin du paradigme conceptuel de notre vision du monde et des fondements de nos mœurs.

Ntaali Ntaali

À mon amie Élisabeth Ngamè Mara.

À Vowdé, le hasard a mené trois jeunes hommes à désirer une même femme nommée Vowkala. Tous initiés à la même vergence de connaissance des cultes ancestraux, ils feront usage de leurs savoirs et de leurs sciences pour conquérir le cœur de la plus désireuse des femmes à Vowdé (la terre des êtres qui craignent [entre guillemets] leurs mères).

Le premier venait de Yombou, le second de Wantö et le troisième de Fangamadou. Les trois jeunes hommes se succédèrent chez les gendres sans avoir jamais à croiser chemin, ni en partance ni même au retour. Ils eurent chacun l'occasion de formuler leurs vœux de mariage aux gendres, accompagnés symboliquement de sept noix de kola blanches attachées en nombre de trois et de quatre – quatre étant le symbole de la féminité, trois celui de la masculinité. L'union entre les deux entités crée une puissance de sept appelée Soké-Mari. Soké-Mari est le dieu de la fertilité, il incarne à la fois l'union et la naissance.

Puis, les gendres, eux, acceptant les kolas, s'engagent à leurs tours à faire un retour aux prétendants dans les jours suivant leurs tours. Trois jours ont été accordés aux gendres, de même trois jours aux jeunes hommes qui promirent à Vowkala de revenir avec les plus beaux cadeaux en pagnes, en étoffes, en bijoux et en bétails que l'on puisse trouver uniquement à Löbèdo, la grande place qu'abrite le marché hebdomadaire de Kissi. Le hasard fit que le dernier des trois jours accordés et aux gendres et aux trois hommes coïncida à l'ouverture de Löbèdo où ces derniers se rendirent pour se procurer des cadeaux promis.

Ils arrivèrent au marché où ils se croisèrent pour une toute première fois chez Mâfanta. Mâfanta est la gardienne de Löbèdo et l'une des plus anciennement initiées à la géomancie dans tout le pays *Kissi,* science qu'elle pratique en déplaçant des cauris pour tirer une solution à partir de la disposition obtenue. Ce qui lui vaut le titre de *souloukounö.*

Puis, ils firent connaissance et s'interrogèrent :

— Je suis Fodé, je viens de Yombou, ma terre de naissance. Je suis là pour trouver les meilleurs présents en pagnes, en étoffes, en bijoux et en bétails que je promis à mes gendres à Vowdé s'ils acceptaient que j'épouse leur fille et leur famille. Et vous, qui êtes-vous et pourquoi êtes-vous là ?

— Moi, répond le second, je suis Fabou, je viens de Wantö, la terre de mes aïeux. Comme vous, Fodé, je suis là à Löbèdo pour me procurer des cadeaux en pagnes, en étoffes, en bijoux et en bétails pour honorer mes gendres à Vowdé s'ils acceptaient ma demande de mariage. Et vous ?

— Moi aussi, complète le dernier, je suis Kanty et Fangamadou est la terre de mes aïeules. Comme tous les deux, je suis aujourd'hui à Löbèdo pour me procurer des cadeaux en pagnes, en étoffes, en bijoux et en bétails pour sublimer la femme que je désire à Vowdé si toutefois mes gendres acceptent que j'épouse leur fille et leur famille.

Ah ! Pilan-pangué. Ce qui est encore fiction ou imaginaire dans les cultures lointaines existe bien dans le réel en Afrique traditionnelle depuis la nuit des temps. C'est ainsi que Fodé, curieux de savoir de laquelle des femmes parle ses interlocuteurs, et pour se rassurer qu'il ne s'agît nullement de la femme qu'il désire, sortit un grand miroir qu'il asperge de quelques jets de salives et murmura des formules divinatoires. Puis, apparut dans le miroir le visage de Vowkala.

— Tenez, dit-il en plaçant le plan du miroir à l'endroit de ses interlocuteurs, voici la femme que je désire à Vowdé.

— Mais ! C'est Vowkala, s'écria Fabou. C'est-elle que je désire pour femme.

— Ah ! Décidément, le hasard fit que nous désirions tous les trois la même femme, complète Kanty. Car c'est bien elle que moi aussi souhaite avoir pour femme.

Cependant, après avoir reconnu le visage de Vowkala dans le plan du miroir, ils furent tous éblouis par l'apparition étrange de cette dernière. Vowkala était en position de sourire, mais ses yeux parurent tous blancs comme du lait fraichement recueilli. Ni sa cornée ni son reflet cornéen étaient visibles. N'ayant pas pu trouver d'interprétation à cette étrange apparition, les trois hommes se rapprochèrent de la plus anciennement initiée parmi eux, Mâfanta. Mâfanta, allègrement, sort ses cauris, les jette sous ses pieds sur de la terre battue, et se met à jouer. Après plusieurs lancées et plusieurs interrogations, la souloukounö fit un regard effarant, puis dit :

« Ô jeunes gens ! Les cauris ont parlé. Si je ne me trompe, voici ce qu'ils nous révèlent : la femme que vous avez vue dans le miroir est engagée dans un voyage vers un monde second. Les yeux blancs comme le lait dans un miroir s'interprètent par le linceul. Cette femme a connu une mort physique, mais non certaine, car la disposition des cauris nous rassure qu'elle peut toujours revenir dans le monde physique, grâce à vous. Alors, partez ! Partez loin de là (en levant le bras en direction de Vowdé) pour rattraper l'ombre de cette âme avant qu'elle ne retourne définitivement à la nature pour regagner les mânes des ancêtres dans l'au-delà. »

L'ombre de Vowkala vue dans le plan du miroir

— Ah ! Pilan-pangué.

— Namu.

— Interrogeons toujours nos morts avant de les enterrer. C'est ce que dit la tradition. L'âme peut effectuer des vas et des viens entre nos deux mondes sans pour autant mourir physiquement. Il arrive alors dans ces changements d'état qu'il prenne du temps à revenir chez lui et paraître dans le plan du réel loin de sa demeure habituelle où il se fera remarquer par un individu, une vieille connaissance par exemple. Ainsi, si le corps qui l'incarne est enterré ou brûlé physiquement avant son retour dans sa demeure, elle ne peut plus retourner dans le monde visible que lors d'une réincarnation. La vieille connaissance l'ayant remarqué racontera qu'il a vu « tel » ce jour, et les gens lui répondront : ah ! Mais « tel » est mort depuis « tel » jour. C'est en interrogeant nos morts que le devin saura s'ils sont partis ou s'ils ne sont jamais partis. Il ne suffit pas que le cœur arrête de battre pour crier la mort.

Mais partir ! Pilan-pangué. Comment feront ces hommes pour arriver à l'instant à Vowdé alors qu'ils se trouvent à un jour de marche pour arriver sur la terre des êtres qui craignent (entre guillemets) leurs mères ?

Ils remercièrent Mâfanta pour ses interprétations divinatoires. Puis prennent congé d'elle. Comme la nature et le hasard ont un grand pouvoir des faits, Fabou, quant à lui, en sait autant. Grand sorcier qu'il est, il fit venir une abeille qu'il appela en chuchotant dans le vent. L'abeille s'est posée sur le tarmac du marché et ils grimpèrent tous les trois sur le dos de la grosse bête-qui-pique. L'abeille les conduit en un battement de cils chez les gendres jusqu'à Vowdé.

À l'arrivée, Vowdé peuplait de gens en pleurs. Vowkala ! Vowkala est morte ! Vowkala est partie ! criaient ci et tombaient là en chantant les femmes pleureuses. Quand bien même les prétendants se présentaient, les chants des femmes pleureuses montaient en puissance. Suivant, un groupe d'hommes portait sur un brancard le corps de Vowkala et se dirigeait en unisson vers l'autre côté du village là où on cache les morts. Puis Kanty courra plus vite pour les rattraper.

— Arrêtez ! Arrêtez ! leur criait-il. J'ai fait des promesses en pagnes, en étoffes, en bijoux et en bétails à Vowkala. Accordez-moi le temps d'honorer ma parole avant qu'elle ne rejoigne pour de bon le monde de la vérité.

Et les hommes s'arrêtèrent. Kanty sortit de sa poche une pincée d'encens qu'il applique dans les narines de Vowkala. Les odeurs de la combinaison l'insufflèrent le souffle vital que son corps se mire à bouger. Puis ils crièrent, elle est en vie ! Vowkala est en vie ! Vowkala est en vie !

Ah ! Pilan-pangué, lequel de ces trois hommes – Fodé qui montra l'ombre de Vowkala dans le miroir ; et Fabou qui fit venir une abeille pour les conduire jusqu'à Vowdé ; et de Kanty qui a rappelé l'âme de Vowkala grâce à sa combinaison d'encens – les gendres accorderont-ils l'union sacrée ?

Salif et l'âme de la musique

À mon frère Koumba-Kalou Diakité.
Voici pour toi un texte inspiré des chants
de Salif Keita, musicien du Mali.

« Conter et chantonner
sous l'arbre à paroles,
c'est pour jouir de son ombre.
Les ombres parlent.
Sommes-nous alors
de ceux qui disent non aux ombres ?
Que la parole veille sur notre mémoire !
Le conte est comme un vent inouï
qui porte l'être vers un monde

Où la pensée est réaliste
où le physique est illusionniste
où les lois matérielles ne s'appliquent pas.

Conter, c'est river les yeux
dans un miroir comme
dans un mirage.

C'est regarder le monde
avec ou sans accommodation
dans une mare de visages.

Conter, c'est voir dans le miroir
du visible comme dans l'invisible
le dernier étant le reflet du premier.

Si semblable si dissemblable
il y a deux côtés à tout
comme dans tout il y'a deux t.

Autant le malheur instruit
le mensonge éblouit.
Autant que la morale du conte éduque
L'expérience avec l'âge forgent.
Tout est dualité
Tout existe dans son opposé ! »

déclame Ndé-Mâakoura en chanson, les doigts dans l'âme de la kora.

— Tout est esprit et l'Univers est mental. Le conte, à l'image du miroir, pousse l'être à la réflexion. Il permet de voir notre image, et l'ombre des autres à travers notre propre image. Beaucoup de gens aiment se mirer, mais peu arrive à se fixer les yeux dans le miroir, ajoute le *namu-laminala*.

— Ah ! Pilan-pangué. Il y a un temps pour conter, et un autre pour chanter. Poursuivons ainsi nos contes en chant pour adoucir nos mœurs. Car le chant est l'expression qui révèle notre état d'âme et insinue l'émotion qu'est le langage même de l'âme. Le langage de l'âme est musical. L'être humain dans son ensemble, depuis sa naissance, imite en chantant les sons qui l'entourent avant même d'acquérir le pouvoir du « mot ». Comme précédant sa naissance, par son pouvoir de perception et d'entendement, il développe le souvenir des sons qui entourent sa porteuse. Le nouveau-né s'exprime en chantant, parle et pleure en chantant, dompte son environnement à travers sa voix en chantant. L'interprétation des bruits de la nature fera de lui un être fondamentalement musical, inspiré par la beauté et par les dieux.

— Chaque entité a une âme comme chaque peuple a sa culture. Le chant célèbre chaque période importante de la vie de l'être. Chez nous, celui qui ne sait pas alors se tenir dans les danses et au rythme des chants est sans âme ou sans culture, complète le *namu-laminala.*

Ntaali Ntaali

Manjou ! Voici Pilan-pangué, une épopée chantonnée par Salif Keita pour symboliser l'*espoir*. Mais que serait devenu notre monde s'il n'y avait point d'*espoir* ?

— Le monde ne serait que ce qu'il est, répond le *namu-laminala*.

Salif est né au Mali où il a grandi. Il découvre la brousse grâce à son père qui était un *donso*, comme le furent les aïeux des aïeux de ses ancêtres. Son père aurait voulu qu'il soit un grand donso, mais Salif était ébloui par une dimension supérieure qui est le *son*. Lors d'un *donsomana,* il fait la découverte du *bolon*, un instrument rythmique africain à trois cordes sonnées habituellement lors des batailles pour exalter les guerriers, et après les batailles, pour encenser les plus valeureux. Et depuis, la vie de l'homme se joue sur trois cordes avec lesquelles chaque parcelle de son âme s'est attachée. Quand on lui questionnait sur le pourquoi du comment il était si attaché aux trois cordes, il répondait ceci : « C'est l'inouï. Dans le bolon, je perçois les sons qu'aucune forêt ne peut crier. »

Mais, Nfa-Kéta, son père, n'était pas d'accord pour ce choix à cause, d'une part, de l'influence de certaines personnes de son voisinage qui sont réfractaires à l'art, et, d'autre part, du devenir dissuasif et triste de beaucoup d'artistes dans notre société. Salif était alors contraint de quitter la demeure familiale pour s'en aller loin. Dans cette errance, il rentre en contact avec les idéologies de Manjou grâce à des musiciens qu'il fréquenta sur les rives en sable doré du *Maliba.* Manjou était à l'époque l'homme qui conduisit le peuple de Guinée aux indépendances. Il prônait la dignité et fit de la musique son cheval de bataille contre l'ennemi. Pour lui, la musique africaine, de par son contenu révolutionnaire, peut et doit fournir un apport positif à l'accélération de la révolution africaine. Il croyait fermement qu'il est indispensable que cet Art soit *décastisé* et replacé au niveau du peuple qui en fera un moyen dynamique d'expression de ses sentiments et de ses pensées, tout en œuvrant en même temps à sa revalorisation et au perfectionnement de ses instruments. Il dota toutes les écoles de la République des instruments musicaux traditionnels en vue de vulgariser leurs utilisations. Il fit de la musique le sacré, un véritable outil d'éducation.

Manjou était devenu un symbole « d'espoir » pour beaucoup de jeunes gens pétris de talents musicaux qu'il encadrait dans ses ballets que l'artiste pluridisciplinaire Keita Fodéba dirigeait à l'époque. Ce qui mène Salif jusqu'à Conakry où il s'est rendu à la villa Sylla, résidence principale du jeune révolutionnaire. Ce dernier l'accueille et se prête à l'écoute de son visiteur. Lorsque Salif terminait de conter les raisons de sa venue à Conakry, Manjou transpirait d'empathie, ses larmes tenaient qu'à un battement de paupières. Et suivant, Salif, comme pour le calmer, s'empare de l'âme de son instrument puis se mis à chanter sa chanson :

Manjou woo i ka na ka ssi
Manjou woo !
André Touré kè ka na ka ssi
Ndé nani djigui ya lé ma
Ka ssi touma ma ssé, Manjou !

Manjou ne pleure pas
Mari de André Touré, ne pleure pas
Car c'est l'espoir qui m'amène jusqu'à vous
Le moment n'est pas aux pleures, Manjou !

Manjou woo i ka na ka ssi
Manjou woo !
N'na-Minata Fadiga dèn ka na ka ssi
Ndé nani djigui ya lé ma
Ndé nani djigui ya lé ma
Ka ssi touma ma ssé, Manjou !

Manjou ne pleure pas
Manjou woo !
Fils de N'na-Minata Fadiga ne pleure pas
Car c'est l'espoir qui m'amène jusqu'à vous
Le moment n'est pas aux pleures, Manjou !

Salif chante Manjou

— Que voulez-vous comme cadeaux en or ou en argent ? demanda Manjou en retour pour encenser Salif pour sa chanson.

Mais Salif ne voulut ni or ni argent. À la surprise de tous ces gens qui assistèrent à la conversation, l'endiablé aux trois cordes formule :

« Ah ! Manjou. Vous qui êtes "espoir" ! Si vous me permettez, aidez-moi à trouver les mots justes pour parler à mon père afin qu'il m'accorde de poursuivre mon art musical. »

— Si ce n'est que ceci, répond Manjou, mon peuple et moi sommes heureux de t'accueillir et nous saurons parler à votre père.

Aussitôt, des émissaires furent dépêchés pour rencontrer Nfa-Kéta à Bamako. À l'époque, le Mali et la Guinée étaient comme deux poumons dans un même corps, et comme les mêmes graines dans un seul bol. Modibo, le roi du Mali, entretenait des relations de bon voisinage avec Manjou, ce qui leur facilita encore les choses. Modibo mit à la disposition des émissaires une voiture pour conduire Nfa-Kéta à Conakry sans que ce dernier soit informé de la bonne raison de son invitation à la villa Syli.

Dans les régions lointaines, on racontait qu'à Conakry qu'un dictateur lynche ses détracteurs et tous les traîtres de la révolution sur le pont du 8 novembre ou bien les enferme dans les cachots les plus horribles du camp Boiro. Nfa-Kéta avait déjà entendu de telles histoires. Toutefois, il ne se reprochait de rien, encore pire d'être mêlé à un quelconque complot. Il se tenait donc calme et rassuré. Arrivé à Conakry, il a été accueilli dans l'une des grandes suites de la Villa Syli aboutissant à une vue pleine de cocotiers sur les plages de Dixinn. L'attente n'a duré que quelques heures que l'invité s'impatientait. Ce n'est qu'à la tombée de la nuit qu'il a été reçu dans le palais par Manjou. Puis ils discutèrent :

— Nous sommes heureux que vous soyez là.

— Moi aussi, répond le visiteur, en dissimulant son effroi.

— C'est à propos de votre fils, Salif.

— Mais qu'a-t-il fait ?

— Mais de rien, rassurez-vous. Cependant, mon peuple et moi, nous joignons à votre fils qui fait partie maintenant des nôtres, pour demander votre accord afin qu'il puisse jouir de son talent de musicien dans les ballets de Guinée. Fodéba le chef des ballets voit déjà en lui une belle étoile, alors pourquoi ne pas l'aider à briller ?

Ainsi, après accordailles, Nfa-Kéta, dans sa grande mansuétude, est reconduit à Bamako de la même manière qu'il l'a quitté. Salif l'a fait venir chez le tout-puissant Manjou non pas pour l'intimider, mais plutôt pour l'aider à voir jusqu'où son talent musical pourrait le porter très loin du devenir dissuasif et triste de bon nombre d'artistes. Aujourd'hui, et Nfa-Kéta et Manjou s'en sont allés. Salif, quant à lui, devient le chantre des *donso* dont aucun culte ne se fait sans sa présence, puis perpétue l'idéologie fertile de Manjou à travers ses musiques.

Ici, la parenthèse s'ouvre et comprenez que dans la musique il y a une quête universelle, l'harmonie. La musique est un marqueur social et le reflet d'une diversité culturelle. Elle est créée pour entrer en communication avec un au-delà où vivent les forces qui nous dépassent et fait partie intégrante de nos cultes, de nos rituels. Elle mène à la danse, à la transe. La musique est curative, une source intarissable de dopamine et un marqueur d'espoir. Elle fait vivre à l'unisson et met au diapason. Elle est sensible et intelligible, exigeante et juste. Comme les maths, elle est faite pour mettre de l'ordre dans les idées. C'est aussi le battement du temps, sa mesure, son appréhension, son repos. Elle meuble le silence, puis révèle le goût et tous les autres sens. La musique est la poésie rationnelle qui rythme la parole et donne un sens aux sons et aux silences.

Le mythe de Kondébili

À Gongo Sokéma Daikhabé.

Mikhindé a été confié à sa tante. Mais cette dernière ne fut guère son bonheur malgré qu'elle eût ses propres enfants qu'elle entretenait, habillait, nourrissait, et racontait même des histoires. Lorsque la méchante tante terminait la cuisine, elle remplissait toujours un canari d'eau et invitait ses enfants à venir se laver les mains avant le repas. Puis les disait :

« Lavez-vous les mains et attendez qu'elles sèchent avant de manger. »

Ensuite, elle donnait à Mikhindé une calebasse d'eau pour se laver aussi les mains. Il devrait attendre, comme les autres, que les mains sèchent pour être permis de manger. Mais la calebasse d'eau qu'elle lui donnait tous les jours contenait de l'huile. Et la main de Mikhindé ne sécha jamais vite. Les autres enfants mangeaient alors sans l'attendre. Il ne reste rien ou jamais assez pour lui.

Ainsi, Mikhindé sort de la maison, et part loin se confier à Kondébili le grand fromager de Taouya, puis lui chantonne sa chanson :

Abaisse-toi, Kondébili
Abaisse-toi pour l'enfant
Qui n'a pas les moyens
Abaisse-toi pour l'enfant
Qui n'a plus de parents
Abaisse-toi, Kondébili
Abaisse-toi, ne se reste
Que pour quelques fleurs !

Et le grand fromager s'abaisse. Mikhindé cueille ses fleurs mures qu'il mange à sa faim puis retourne à la maison.

Ah ! Que c'est étrange ! s'exclame la méchante tante. Je ne donne ni à manger ni même à boire à cet enfant, et pourtant il a l'air bien portant. Comment cela peut-il être possible ? Puis le lendemain, après la cuisine, elle remplit à nouveau un canari d'eau et invite ses enfants à venir se laver les mains avant le repas. Puis les répétait : « Lavez-vous les mains et attendez qu'elles sèchent avant de manger. »

Ensuite, elle donne à Mikhindé une calebasse d'eau pour se laver aussi les mains. Il devrait attendre comme les autres que les mains sèchent pour être permis de manger. Mais la calebasse d'eau qu'elle lui donnait depuis tous les jours contenait de l'huile. Et la main de Mikhindé ne sécha jamais vite. Les autres enfants mangent alors sans l'attendre. Il ne reste rien ou jamais assez pour lui.

Ainsi, Mikhindé sort de la maison, et part loin se confier à Kondébili le grand fromager de Taouya, puis lui chantonne sa chanson :

Abaisse-toi, Kondébili
Abaisse-toi pour l'enfant
Qui n'a pas les moyens
Abaisse-toi pour l'enfant
Qui n'a plus de parents
Abaisse-toi, Kondébili
Abaisse-toi, ne se reste
Que pour quelques fleurs !

Et le grand fromager s'abaisse. Mikhindé cueille ses fleurs mures qu'il mange à sa faim. Mais cette fois, il a été poursuivi sans tambour et sans trompette par la méchante tante très curieuse de savoir comment il se nourrissait depuis tout ce temps alors qu'elle ne lui donnait ni à manger ni même à boire. Puis elle découvre comment l'arbre s'abaisse quand Mikhindé chante sa chanson, et se redresse quand il finit de manger ses fleurs.

Mais ! Depuis quand les arbres se mêlent-ils aux problèmes des êtres humains ? disait-elle sans retenue. La méchante tante courut vers le village pour s'armer d'une hache pour pouvoir couper le grand fromager pour que celui-ci ne puisse plus jamais donner ses fleurs à Mikhindé. Lorsque Mikhindé l'aperçut, venant armer de hache, à l'endroit du fromager, il eut tellement peur qu'il rentra dans le ventre de l'arbre. Ce phénomène a produit une sorte de décharge électrique qui s'est abattue sur la méchante tante. Elle a été grillée comme des cacahuètes avant d'être réduite en cendres puis en poussières. Son âme a été condamnée à jamais par les génies qui hantent le fromager à apporter tous les jours du repas pour Mikhindé. Et Mikhindé, lui, vivra désormais dans le ventre de l'arbre géant.

Depuis ce jour, un bide s'est formé dans le tronc de Kondébili, le grand fromager de Taouya. Le bide est le mythe de Kondébili !

Imagerie animalière 1
Souloukou et le ventre du fromager

À Tamba, mon père qui me lit
et qui m'insuffle l'expression de la poésie orale.

Fassan et Souloukou sont deux personnages légendaires des contes africains. Le premier, le lièvre, représente le doué, et le deuxième, l'hyène, représente l'inculte. Les dires nous révèlent que Souloukou a les oreilles dures, car il n'écoute jamais les conseils de Fassan. Il est surtout réputé pour son insatiabilité, car il met le nez dans tout ce qui sent, même le puant.

Un jour, Fassan se baladait dans la forêt de Taouya où il aperçut dans un mirage un fromager se fendre pour laisser une ouverture à sa base à travers laquelle on pouvait observer un enfant dans le ventre de l'arbre. Il crut voir de simples réflexions de la lumière contre le plan du fromager, puis continua à s'en approcher. Apeuré par la réalité de son imaginaire, Fassan s'est aussitôt filé derrière un buisson pour observer encore de plus près la grandeur de l'arbre et ce qui s'y passe à l'intérieur, tout en tendant les oreilles aux sons qui l'entourent.

Do kou bin ! Do kou bin !
Do kou bin ! Do kou bin !

Et le fromager ouvrit grandement son ventre. À l'intérieur, on pouvait voir un enfant en train de se laver les mains dans une calebasse d'eau. Puis, un génie lui apporta le repas dans un bol qu'il se mire aussitôt à manger dedans. Lorsqu'il finit de manger, le même génie sans avoir pris part, reprit le bol et s'en alla.

Do ki dan ! Do ki dan !
Do ki dan ! Do ki dan !

Et le fromager se referma. Éblouie par la scène qui s'est produite devant ses yeux, Fassan courut pour trouver quelqu'un à qui se confier. Car il y a des choses que l'on ne peut garder que pour soi. Il trouve alors Souloukou son compagnon qui l'accueille avec ses interminables plaintes à cause des gibiers qui se font de plus en plus rares dans la forêt. Puis Fassan lui explique tout ce qu'il a pu entendre et voir dans la forêt de Taouya. Souloukou, affamé et curieux, se précipita à son tour vers le fromager pour entendre et voir en réalité les dires de son ami Fassan. À l'arrivée, il se tient devant le fromager puis attend.

Souloukou et le ventre du fromager

Do kou bi ! Do kou bi !
Do kou bi ! Do kou bi !

Et le fromager ouvrit grandement son ventre. À l'intérieur, on pouvait voir un enfant en train de se laver les mains dans une calebasse d'eau. Puis, un génie lui apporta le repas dans un bol qu'il se mire aussitôt à manger dedans. Lorsqu'il finit de manger, le même génie sans avoir pris part, reprit le bol et s'en alla.

Souloukou saliva, repoussa ses limites. Le lascar n'a pas de retenue. Il se hisse dans le ventre du fromager quand l'enfant commença à manger, puis plonge son nez dans le bol. Mais la présence de l'intrus ne s'est pas fait attendre que soudain une voix cria :

Do ki dan ! Do ki dan !
Do ki dan ! Do ki dan !

Et le fromager se referma. Les génies qui hantent l'arbre géant se mirent à battre et à battre Souloukou avec les branches dodues du fromager. Des branches dodues s'abattaient sur lui comme si c'était de la pluie. Et le pauvre s'est mis à hurler, à péter le gosier, à peine il arriva à répéter :

Do kou bi ! Do kou bi !
Do kou bi ! Do kou bi !

Et le fromager ouvrit grandement son ventre à même qu'il s'est éjecté et pris la poudre d'escampette.

Ici, la parenthèse s'ouvre encore et entendez Pilanpangué le répondeur, emporté par les sons de la kora se livrer à une sorte de poésie orale rythmée par des proverbes qui parlent à tout va :

« Si pressée soit la mouche,
elle doit attendre que sorte le caca.
Qui veut du miel doit avoir
le cran pour affronter les abeilles.
La chèvre broute là où elle est attachée.
Tous les jours ne se ressemblent pas.
À chaque son soleil, à chaque nuit ses étoiles.
Quand les éléphants se battent,
c'est toujours la forêt qui s'écrase.
Si tu dis à la souris de ne pas sortir
de son trou, dis aussi à la pâte
d'arachide de ne pas sentir.
Au griot de se satisfaire de boire du lait
et non de demander à son hôte
combien de bétail il a dans le pâturage.
L'éléphant ne se fatigue pas de porter sa trompe.
Seul un taré mesure la profondeur
d'une mare à l'aide de ses deux pieds.
Que celui qui n'a pas encore atteint la rive
ne se moque pas de celui qui se noie.

Sarcle tous tes plants de sorgho
on ne sait jamais lequel portera
ses fruits ou lequel restera stérile.
Celui qui demande qu'on lui répète
des choses n'est pas forcément sourd.
Ne jette pas ta provision d'eau croupie dans
la calebasse parce que les orages s'annoncent.
Partir de bonne heure se décide la veille au soir.
Lorsque ta charge est tombante,
tu la soutiens de la main.
La faim ne tue pas,
c'est le manque « d'espoir » qui tue.
La faim est le plus souvent d'ordre mental.
La sagesse vient avec l'âge. Ce que l'adolescent
court après, le vieillard l'a depuis son lit.
À vouloir s'enrichir trop vite, on s'appauvrit ! »

Imagerie animalière 2
Le-Bouc-barbu à la rencontre de Souloukou

À mon ami Sékou Camara,
en mémoire de nos souvenirs d'enfance.

Souloukou se sauvant réussit tout de même sur son chemin à capturer un vieil écureuil avec la jambe raide traînant derrière lui. L'écureuil était une proie facile pour l'hyène. Il a juste fallu un bond pour que le malabar s'empare de sa proie qu'il étrangle ensuite. Il commença par boire le sang de la bête puis déchira la chair avec ses crocs en rage. Il s'est régalé comme jamais pour oublier tous les coups qu'il a subis dans le ventre du fromager, qu'il mangea plus gros que son ventre ne pouvait en contenir. Puis, il reprit paresseusement son chemin, essoufflé comme un train qui rentre en gare.

Aux approches du village, il croise à nouveau une autre bête, c'était probablement son jour de chance même après avoir subi tous les coups dans le ventre de Kondébili, le fromager géant. La bête sur le chemin était Le-Bouc-barbu connu pour sa sagesse, mais aussi pour sa puanteur. Ce dernier, sachant qu'il ne court pas plus vite que l'hyène, est resté figé pour s'accorder le temps à la réflexion. Quant à Souloukou, sous le poids de son ventre, ne pouvait se livrer à une quelconque course. Comme pour faire la plus grande exception et pour rentrer dans la légende, il essaye d'être une fois généreux en offrant la chance à la chèvre. Il propose donc à cette dernière de lui conter cinq vérités, et que si ses dires sont vérifiables, elle pourra s'en aller librement.

Mais tout ceci n'était que pipeau musical, pensait Le-Bouc-barbu. Le ventre que portait Souloukou était facile à voir pour comprendre qu'il ne pouvait plus rien mettre dans la gueule, ou encore se livrer à une quelconque course. Alors, il reste sage et méfiant puis accepte la proposition, et dit :

— Souloukou, ma première vérité dit ceci : « Si jamais je savais que tu allais emprunter ce chemin aujourd'hui, je ne serais pas passé par là. »

— Oui, c'est vrai, plussoie l'hyène.

— La seconde dit : « Lorsque tu raconteras à ta famille que tu as croisé ce jour une chèvre et laissé celle-ci partir sans même chatouiller sa barbe, personne ne te croira. »

— Hihin, c'est la vérité, je suis d'accord, personne ne me croira.

— Et trois : « Si je rentre chez moi puis raconte que j'ai rencontré Souloukou et qu'il n'a touché à aucun de mes cheveux, encore moins à ma barbe, personne ne me croira. »

— Hum, ce n'est pas faux, acquiesce-t-il d'un signe la de tête.

— Puis quatre : « Ah, Souloukou ! si notre discussion dure aussi longtemps, c'est parce que tu n'as pas faim. »

— Hum hum, i pin dè ! J'ai l'estomac à la gorge. Ce n'est pas faux !

— Enfin cinq : « Si tu me manges maintenant comme supplément avec tout le poids de ton ventre, tu risques de mourir de colique. »

— Hé ha tou gna ni ! C'est sage, Le-Bouc-barbu, je suis assez vieux pour me laisser emporter par cette maladie infantile. Alors pourquoi je te mangerais ? complète Souloukou avant de se sauver.

Voilà, Pilan-pangué, les cinq vérités qui ont sauvé la vie à la chèvre, Le-Bouc-barbu.

Ensuite Ndé-Mâakoura les doigts dans l'âme de la kora joue en métrique les cordes de son instrument. Pilan-pangué le *namu-laminala* se livre à des danses lubriques et la parenthèse ferme quand il demande à Ndé-Mâakoura d'arrêter de jouer. Puis il se prête à une sorte de poésie orale au rythme des douze mélodies de minuit, et crie :

« Les marques de fouet disparaissent,
Mais les traces d'injures ne disparaissent jamais.
On n'a rien sans peine.
De la petite graine est sorti le fromager.
Qui ménage ses forces vivra longtemps.
Peu de choses vivent cent ans.
Si tu parles à quelqu'un qui n'écoute pas,
tais-toi. Écoute-le, peut-être. En l'écoutant,
tu sauras pourquoi il ne t'écoute pas.
Le tronc d'arbre, quelle que soit sa durée
dans l'eau, ne deviendra jamais un caïman.
Tout ce qui est dressé finira allongé.
Pour qu'un enfant grandisse,
il faut tout un village.
La parole est un œuf ;
si elle s'échappe,
elle ne peut se reprendre.
Comme l'eau, une fois versée,
elle ne peut se ramasser.
La parole court plus vite que le vent.
L'être humain, c'est la parole.
On ne peut jurer que par la parole.
Le charme pour l'homme,
c'est la parole donnée.

Le mensonge donne des fleurs,
mais pas de fruits.
L'hyène ricane, le lion en rugit de rage.
Tant qu'il y a de « l'espoir » on ne s'impatiente pas.
Se défaire de l'unique objet que l'on
possède est parfois signe de courage.
Balayer la nuit, c'est chasser le bonheur
hors de la maison.
Qui veut un ami sans défaut reste sans ami ! »

Balan-sa, chant traditionnel du Mali chantonné par les jeunes filles lors des fêtes de nuit

À Saran Koita.
Mon amie, mon amie, chante et danse,
fais-toi plaisir !

Balan-sa ! Balan-sa !
Balan-sa sira hèrè la
Balan-sa ! Balansa !
Balan-sa téréla hèrè la

Balan-sa ! Balan-sa !
Ô ! toi grand arbre de Ségou
Balan-sa ! Balan-sa !
As-tu passé la nuit en paix ?
Balan-sa ! Balan-sa !
As-tu passé la journée en paix ?

Kè min ko ! kè min ko
Kè min ko musso tè yala kè
Ô da na fa ! Ô da na fa !
Ô da na fa gnimin kissè la
Ô da na fa yèbètè kissè la
Ô da na fa gnimin kissè la
Ô da na fa yèbètè kissè la

Balan-sa ! Balan-sa !
Ô ! toi grand arbre de Ségou
Balan-sa ! Balan-sa !
Maudis ces hommes
Qui disent à leurs femmes
De ne pas se balader
Où elles veulent.

Balan-sa ! Balan-sa !
Que leurs bouches
Remplissent de poux
De poux de corps et de cafards.

Woya ! Woyi !
Woya ! Woya !

Woya ! Woyi !
Woya ! Woya !

Chant des tropiques

À Ndé, ma mère,
qui m'insuffla le souffle vital

Femme qui met tout bas
Femme qui élève tout haut
Femme qui guide les pas
Femme des chants
Femme des marchés
Femme des rizières
Femme des rivières
Femme nourricière

Femme noire, femme de Guinée
Je te louange, ô toi femme mère !

Femme sculptée, femme tam-tam
Tam-tam qui bat au milieu de ta savane
Femme racine, femme bonté
Femme beauté, aux cheveux crépus

Femme flamme, flamme ébène
Femme vêtue, aux tétons nus
Femme fertile, femme reptile

Femme noire, femme nubienne
Je chante ta richesse charnelle !

Lueur de l'humanité
Femme lune, femme soleil
Forêt enchantée
Je fredonne ton érotisme, solennel
Au rythme de la kora qui me glace
Quand je frémis devant ta toute-puissance.

Femme noire, femme de la terre
Je te louange, ô toi Dieu, ma mère !

Femme de Guèlo
Femme de la flamme
de cheminée en sanglot
Femme qui se dessèche
aussi vite que le gombo
Comme d'un bord à un autre
bonheur la mare qui s'engourdit.

Femme pure, femme mûre
Femme crue, femme drue !

Femme de Guèlo

Tama tama ou chant de l'exil

À mes amis Gabare Tété Sangaré,
Yacouba Sidibé, Lènkon Diaby et Alsény Barry.
À madame Céline Duban Nègre.

Poème inspiré des chants du Bembeya Jazz de Guinée.

Tama tama tama lé
Tama tama tama léé

Quand tu t'en vas loin
si tu n'y trouves
pas de richesse
apprends la sagesse.

Quand tu t'en iras loin
fais comme si tu ne sais rien
respecte tout le monde et
tout le monde te respectera.

Quand tu partiras loin
n'oublie pas ta mère
n'oublie pas ton père
n'oublie pas d'où tu viens !

Tama tama tama lé
Tama tama tama léé

Quand tu t'en vas loin
si tu n'y trouves
pas de richesse
apprends la sagesse.

Quand tu t'en iras loin
fais comme si tu ne sais rien
respecte tout le monde et
tout le monde te respectera.

Quand tu partiras, loin
n'oublie pas ta mère
n'oublie pas ton père
n'oublie pas d'où tu viens !

La maison, c'est d'où l'on vient. C'est-à-dire la société à laquelle on est lié. Puis le toit de naissance où l'on vit avec ses parents et sa famille. Dans nos cultures, le mot maison évoque deux grandes dimensions : l'une sociétale et l'autre familiale.

L'individu appartient à la fois à sa société puis à sa famille. Chez lui, c'est d'abord d'où il vient (son village ou son pays) ensuite où il habite (sa maison de manière vulgaire), lieux par excellence d'éducation.

Pour l'enfant que je suis, en grandissant, je ne connaissais qu'une seule maison réduite à la taille de la chambre de ma mère. Au-delà des choses matérielles qui m'entouraient, dans mon inconscient, la maison représentait pour moi la famille, là où mes sœurs et mes frères se retrouvent ensemble, avec mes parents, mes grands-parents et mes oncles. Là où je demeure petit dans la plus tendre affection au milieu de tous ces gens.

Pour moi, c'est l'affection. Affection entre personnes liées par le sang. C'est aussi la convivialité, là où on est aidé par plaisir. Le lieu où tout se partage, la connaissance, la nourriture, l'amour… La maison, c'est l'éducation. Là où on apprend à vivre avec les autres pour être en harmonie avec la société. C'est le miroir, la réflexion, là où on apprend à regarder dans l'imaginaire, à voir sans regarder, là où on construit sa personne humaine. C'est aussi la sécurité, là où les lares sont les sentinelles. La maison, c'est le souvenir, là où vivent les mânes des ancêtres, là où je peux encore sentir leurs odeurs dans l'argile fraiche que contient l'eau du canari, et voir leurs ombres se dessiner dans la chaux vive qui recouvre ses murs. Les ombres des mânes des ancêtres morts qui ne sont jamais partis. En dehors de ses murs, j'ai découvert la société qui m'a appris que chez moi, ma maison, c'est d'où je viens. Ma société elle-même. Que toutes les concessions, toutes les demeures de ma ville me sont égales au même titre que mon toit de naissance. Que j'y ai droit aux mêmes traitements, à la même éducation. Mais alors, Pilan-pangué, la notion de maison ne serait-elle pas culturelle ?

— Namu. Comme ceci, appuie le *namu-laminala*.

— Tu peux oublier ta mère, mais jamais ta langue maternelle. Tu peux oublier ta case, mais jamais n'oublie d'où tu viens. Voilà ce qui m'a été dit. Aujourd'hui, loin de ma famille et de ma terre natale, dans mon errance, je suis livré au silence sournois des nuits froides de l'exil.

L'exil

Annexes
Illustrations à colorier

Table des matières

Imprimé en France
Achevé d'imprimer en septembre 2021
Dépôt légal : août 2021

Pour

Le Lys Bleu Éditions
40, rue du Louvre
75001 Paris